AF297930

ACADÉMIE DE PARIS.

THÈSE DE LITTÉRATURE.

DISSERTATION

SUR

LE GENRE DE POÉSIE

QUE LES GRECS APPELAIENT SILLES.

Τὸν δὲ σιλλὸν, ψόγον λέγουσι μετὰ παιδιᾶς
δυσαρέςου. On appelle Sille, une critique
qui blesse en badinant.
(Ælien. Hist. div. III , 40.)

LES POINTS DE DOCTRINE EXPOSÉS DANS CETTE THÈSE SERONT DÉVELOPPÉS,
ÉCLAIRCIS ET DÉFENDUS,

PAR ÉMILE-ATHANASE DELAUNAY,

LICENCIÉ, ASPIRANT AU GRADE DE DOCTEUR,

LE   JUILLET 1831.

PARIS.

IMPRIMERIE ET FONDERIE DE FAIN, RUE RACINE, N°. 4,
PLACE DE L'ODÉON.
1831.

DISSERTATION

SUR LE GENRE DE POÉSIE

QUE LES GRECS APPELAIENT SILLES.

> On appelle Sille, une critique qui blesse
> en badinant.
>
> (Ælien. Hist. div. III, 40.)

Deux méthodes ont toujours dominé dans les travaux de la critique littéraire appliquée aux monumens de l'antiquité : l'une, qui, cherchant à saisir en toutes choses les rapports avec le temps, les lieux, les hommes et les sociétés, rattache ainsi les productions de l'esprit humain à leur source la plus élevée : c'est la méthode philosophique ou le système des généralités ; l'autre, qui, au contraire, prenant chaque fait isolément, et, à l'exemple du naturaliste, le soumettant à toutes les épreuves de l'observation, ne songe à le mettre en rapport avec les autres et à lui assigner une place dans une sphère quelconque, qu'après y avoir épuisé, pour ainsi dire, tous les procédés de l'analyse : c'est la philologie. Du concours de ces deux méthodes, dans les travaux d'un esprit éclairé, naît l'autorité des faits et par conséquent tout l'intérêt de l'histoire. Aucune des deux n'a le droit de dédaigner l'autre ; car elles se prêtent un appui mutuel, indispensable à toutes deux, et peut-être même la seconde, quoique moins généralement applaudie, a-t-elle les plus véritables droits à l'estime qui quelquefois lui est injustement refusée. Le philologue en effet, condamné à plus d'efforts, d'étude et de patience, semble par là même avoir mis plus du sien dans ses travaux, que l'écrivain dont les généralités grandes et hardies, dictées souvent par une sorte d'inspiration soudaine et presque irréfléchie, ont, pour ainsi dire, quelque chose de moins personnel. Mais si la vérité se rencontre quelquefois dans ces éclairs d'une imagination ardente qui semblent être une espèce d'illumination rapide de la pensée, le plus souvent aussi ce ne sont que de trompeuses lueurs qui égarent l'écrivain et ceux qui le suivent, lorsque la méthode philologique n'est point venue tempérer

cette impatiente ardeur ; à elle seule appartient d'assurer et d'aplanir la
route du génie. Il serait donc imprudent de séparer deux méthodes
dont l'intérêt de l'art et de la science réclament à jamais le concours ;
il serait injuste de décrier l'une au profit de l'autre ; car ce serait frapper de stérilité celle qu'on prétendrait faire prévaloir.

Aucune partie de l'histoire littéraire, quelque faible que soit sa place
dans l'ensemble du tableau historique, ne nous semble échapper à l'application de cette vérité. Il n'est point un seul fait, quelque impercep-
tible qu'il soit, surtout dans un lointain où tout s'affaiblit et s'efface,
dont on puisse espérer une juste appréciation, si l'on ne cherche à connaître, par tous les procédés de l'érudition et de la philosophie, sa nature particulière, son origine et ses rapports avec tous les autres. Il y a
donc sur toute chose une double question, dont il faut demander la
solution tour à tour aux lumières de la philosophie et aux recherches
patientes et laborieuses de la méthode philologique.

En reconnaissant la nécessité de donner aux travaux de la critique
littéraire cette double autorité, nous ne saurions cependant nous dissi-
muler que l'une ne soit subordonnée à l'autre et ne lui serve pour ainsi
dire d'instrument. Telle est en effet la nature du besoin qui produit la
science et soutient ses efforts dans les routes nouvelles ouvertes succes-
sivement devant elle par la curiosité humaine, que le succès de toutes
ses recherches ne se mesure que sur les résultats plus ou moins pro-
chains qu'elles peuvent fournir à l'homme pour son bien-être et pour les
lumières qu'il demande à toute la nature et à toute l'histoire sur sa
destinée. C'est-à-dire en un mot que la philosophie est le point de dé-
part et le but, non toujours avoués mais cependant toujours réels, des
travaux de l'esprit humain : c'est elle qui anime et féconde la science,
qui en contrôle et en légitime tous les résultats ; c'est à elle enfin que
viennent se rattacher comme à une tige commune toutes les branches
du savoir. Ainsi, dans cette multitude de faits que l'histoire de la nature
comme celle de l'humanité semblent montrer d'abord isolés aux yeux
de l'observation, une foule de liens et de ramifications se manifestent
peu à peu, et de proche en proche conduisent l'esprit jusqu'aux plus
vastes problèmes. En politique, en religion, en littérature, il n'est
point de question qui ne finisse par en soulever mille autres, et n'a-
grandisse à l'infini le cercle de la science que rien ne saurait limiter.

La littérature qui, comme instrument de la pensée humaine semble
toucher de plus près aux questions, pour ainsi dire les plus vitales, sou-
levées par son inquiète curiosité, ne saurait donc offrir dans ses nom-

breuses subdivisions aucun problème dépourvu d'intérêt. La poésie surtout, qui paraît en être la forme la plus ancienne, présente, par les
mystères au milieu desquels elle entraîne l'observation étonnée, un
attrait d'autant plus puissant, que son berceau, qui semble être aussi
celui de la pensée, se cache dans les plus épaisses ténèbres de l'histoire.
Il est clair que nous voulons parler ici non pas seulement de cette
poésie artificielle et toute de forme, fruit tardif d'une littérature épuisée
et vieillie ou d'une impuissante imitation ; mais surtout de cette haute
poésie de la pensée, pénétrée pour ainsi dire du souffle divin qui, sous
toutes les formes et indépendamment des rhythmes, agite toujours vivement ou fait profondément rêver l'âme humaine. Par un de ces merveil-
leux privilèges d'une langue riche déjà de tant d'autres avantages, le
nom même qu'elle donne à cette poésie en est en même temps la plus
parfaite définition. Chez les Grecs en effet le mot de poëte, qui chez
nous n'explique rien, signifiait *faiseur, créateur* : or ce que fait, ce que
crée le poëte, c'est le monde tout entier de l'imagination, ce second
monde dont celui des sens n'offre à ses yeux qu'un pâle et triste reflet.
Telle est la poésie de la pensée, cette poésie par excellence qui survit
pour ainsi dire à son instrument et peut encore vibrer sans lui, cette
poésie en un mot que tout le monde reconnaît au plus haut degré dans
les hymnes bibliques, tandis que l'on dispute encore pour savoir si elles
avaient une mesure ou un rhythme musical quelconque ; tout le reste
n'en est qu'une imitation plus ou moins ingénieuse et savante, mais
condamnée à l'inévitable infériorité d'une copie.

Dans cette Grèce où tous les ressorts de l'humanité semblent avoir
été doués d'une si puissante énergie, où la religion livrant l'homme à
lui-même l'invitait à tout conquérir en ne dérobant rien à ses efforts,
pas même le titre et les honneurs de la divinité, ce besoin particulier
de l'imagination, qui ne trouvant rien que d'imparfait au dehors veut
cependant tout compléter, eut bientôt produit une foule d'images diverses ; ses fictions ingénieuses, plaçant derrière chaque objet matériel
un être intelligent et actif, et mesurant sa puissance et ses qualités sur
les effets mêmes dont on lui attribuait la direction, donnèrent naissance
à cette foule innombrable de mythes dont les attributs si variés et souvent si contradictoires représentent parfaitement les caprices déréglés et
l'inépuisable fécondité de l'imagination. Ainsi, par une destinée qui
justifie l'admiration des siècles et maintient en dépit des systèmes un
culte vainement blasphémé, l'imagination, mère de tous les arts, dis-
posa de tout chez ce peuple dès son berceau, et le façonna à son gré,

pour faire de ce beau pays la patrie des arts et du goût. Aussi l'histoire de l'art dans la Grèce est-elle aussi ancienne que la Grèce elle-même et perdue dans les mêmes ténèbres à son origine. Du moins y voit-on apparaître presque en même temps ces deux genres de poésie dans lesquels se confondent tous les autres : l'un qui crée ce monde imaginaire de la pensée, et qui tout religieux à sa naissance n'aspire qu'à éclairer l'homme sur sa destinée pour le contenir par la crainte ou le ranimer par l'espérance ; l'autre qui, né sans doute du premier, lui emprunte ses chants et son rhythme dont il perfectionne le mécanisme pour en revêtir les traditions de la famille ou du pays, ou les passions nées du commerce des hommes. Telle est en Grèce la source si ancienne et antérieure même à Homère de la poésie orphique ou religieuse et de la poésie héroïque. La première, apportée sans doute de ce riche et antique Orient, où l'érudition a découvert tant de rapports de filiation avec les langues et les traditions de l'Occident, fleurit sous l'influence sacerdotale à l'ombre de laquelle se développèrent les premiers germes de la civilisation : la seconde plus particulière, et pour ainsi dire plus locale, dans un pays où l'homme était condamné à tant de luttes énergiques, en même temps qu'elle perpétua les premières traditions des faits héroïques, affaiblit et fit peu à peu disparaître l'influence du sacerdoce obligé de reconnaître les héros pour maîtres et bientôt pour dieux. Alors paraissent dans l'histoire littéraire les noms d'Olen, d'Orphée, d'Eumolpe, de Thamiris, de Linus, de Philammon et de tant d'autres connus à peine par la tradition, mais qui durent être en assez grand nombre puisque Fabricius (1) en a compté jusqu'à soixante-dix antérieurs à Homère. Enfin la poésie fut la seule langue de la religion, de la politique et de la philosophie jusqu'à Phérécyde de Scyros qui le premier, dit-on, introduisit vers l'an 560 l'usage d'écrire en prose.

Mais dans cet intervalle de plusieurs siècles, où la tradition ne montre que des noms défigurés par tant de fables, le génie actif de la Grèce ne put long-temps s'exercer sur ces deux genres sans produire les variétés qu'ils renferment et que comporte la nature même de l'esprit humain (2). C'est ce qu'attesterait invinciblement la philosophie, si les formes diverses de l'héxamètre, du pentamètre, de l'iambe et du mètre élégiaque, existant dès la plus haute antiquité, n'en offraient d'ailleurs

---

(1) Bibliothéque grecque, t. 1ᵉʳ.
(2) La nature, dit Longin, renferme le principe de tous les genres, πρῶτόν τι καὶ ἀρχέτυπον γενέσεως στοιχεῖον ἐπὶ πάντων ὑφέστηκε.

(7)

des preuves évidentes. C'est aussi ce que démontre la forme didactique
déjà assez perfectionnée dans Hésiode, forme qui ne peut naître que
d'un long usage du rhythme poétique, pour que l'habitude apprenne à
le manier avec la facilité si admirable de ce grand poëte. Comment
donc l'art, qui fournissait des couleurs si simples et si vraies aux travaux
de la campagne, n'aurait-il pas de bonne heure satisfait la passion de
la vengeance, ou le besoin de médire et de railler? L'ironie dut donc
former aussi en Grèce un genre particulier de poésie, qui ne pouvait
pas être à la vérité le plus ancien, car l'homme croit et admire avant
de douter et de railler, mais dont les autres ne durent pas non plus
précéder trop long-temps le développement.

Ce genre exista en effet en Grèce à une assez haute antiquité, mais
sous des noms différens, qui paraissent avoir varié suivant le mètre
adopté par le poëte, et la forme particulière sous laquelle se produisait
l'ironie. C'est ainsi qu'Archiloque, Simonide d'Amorgos, Hérode ou
Hérondas suivant Athénée (1), furent nommés iambographes dans le
genre que nous nommons satyrique. Dans le drame qui fut appelé ainsi
chez les Grecs, la scène fournit à la malignité attique les armes qui
étaient le plus de son goût; l'humeur railleuse de ce peuple libre et léger s'y donna long-temps carrière, jusqu'au moment où il fallut appe-
ler les lois au secours de la morale, ou peut-être de quelques vanités
ombrageuses et puissantes. Privé de cette voie si large et si commode,
et ne pouvant plus frapper au but que par des traits indirects et dé-
tournés, le ridicule dut nécessairement se frayer d'autres chemins et emprunter la verve bouffonne et maligne de quelques poésies légères, telles
que les scolies qui paraissent avoir pris à la longue tous les caractères
particuliers à la chanson française, surtout celui qui était si peu redouté
de Mazarin. Telle fut aussi sans doute l'origine des *Silles* qui sont l'objet de cette dissertation.

Ce préambule nous a paru nécessaire non-seulement comme profession de foi littéraire, ce que semblait exiger la nature même de l'épreuve
à laquelle cette dissertation est destinée, mais aussi afin de poser d'a-
vance, en vertu de la double méthode que nous avons rappelée en com-
mençant, les généralités sur lesquelles s'appuiera notre critique. Nous y
voyons déjà qu'il faut soigneusement distinguer, dans la question qui
nous occupe, la nature du genre en lui-même, et le nom qui lui a été
donné. C'est la confusion de ce double point de vue qui nous semble

(1) Liv. III, tom. 1er., pag. 337, éd. Schweigh.

produire souvent l'incertitude et prolonger d'inutiles discussions. Nous
venons de voir à quel genre appartenaient les Silles, c'est là le côté général et philosophique de la question; avant de pousser plus loin cet examen, traitons le plus complètement qu'il nous sera possible la question
du mot.

Les Silles, suivant la définition du Grand Étymologiste, sont une espèce de plaisanterie dont l'effet, pour celui qui en est l'objet, est assez
semblable à la douleur d'un cheveu que l'on arrache (1). L'origine du mot
vient du mouvement des yeux, ἴλλοι, quand ils prennent l'expression de
l'ironie; mais cette plaisanterie n'a rien d'amer et traite avec ménagement
celui qu'elle attaque, πεφεισμένως. Ainsi la racine est ἴλλος, qui chez les poëtes
et les Ioniens signifie œil (2), mais qui n'est guère usitée que dans les
composés comme ἰλλώπτειν, terme de comédie, cligner les yeux, κατιλ-
λώπτειν mépriser avec ironie, rire de mépris, et δενδίλλειν (3) tourner les
yeux, regarder de côté. Hippocrate se sert du mot ἰλλαίνειν (4) pour
exprimer le mouvement de côté des yeux, *detorquere oculos*. De là
est venu, suivant Pollux, σιλλαίνειν, qui signifie lancer un regard ironique,
ἐπὶ χλευατμῷ σείειν τοὺς ὀφθαλμούς, puis enfin le mot de σίλλοσ, Sille, donné
à un genre de poëme ironique, χλευαςικὸν ποίημα. Quant à l'addition du
σ à ἴλλος, justifiée par l'usage des dialectes dans un grand nombre de
cas, elle l'est ici plus spécialement par le Grand Étymologiste lui-même
qui, au mot σίμος camus, considère le σ comme une imitation du sifflement que produit la respiration, lorsque cette conformation physique
est assez prononcée. Ajoutons qu'il n'est pas rare de remarquer, outre
l'expression particulière des yeux et le mouvement des narines dans
une physionomie prête à lancer un trait malin, une espèce de léger
sifflement assez semblable à celui dont parle le Grand Étymologiste.

Cette explication étymologique a été adoptée par Hesychius (5),
Ælien (7), Suidas qui ajoute au mouvement des yeux celui des lèvres,
Photius (8) et Henri Étienne (9). Mais elle est rejetée par Hemsterhuys (9) qui la trouve insignifiante, *frigidula*. Il donne pour racine à
σίλλος le mot σίμος, qui dans l'origine signifiait toute pente ou courbure,
et qui plus tard appliqué à la figure humaine désigna un nez aplati.

---

(1) Τίλλοὶ τινες, Grand Etym. au mot
σίλλοι.

(2) **Pollux, Onomast.** , liv. II, cap. IV,
§ 52, 54.

(3) **Homère, Iliad.** I, v. 180.

(4) **Pollux. Onomast.** , § 54.

(5) Au dérivé σιλλαίνω.

(6) **Hist.** div. III, 40.

(7) Lexique mss., au mot σιλλοῦν.

(8) Thesaurus ling. gr., au mot ἴλλος.

(9) Sur l'Onomasticon de Pollux,
liv. IX, § 148.

Le scholiaste de Théocrite, Idyl. 13, dit qu'on appelait σιμος celui qui avait le nez aplati et les narines relevées. Pollux (1) explique ce même mot par ceux-ci : ῥίς ἐκ μέσων κοίλη. Ælien (2) et Hésychius en font dériver le mot de Silène. Par une même analogie Hemsterhuys en fait l'étymologie des mots *silus* et *silo* qui ont la même signification. Festus appelle *silus* un nez large et relevé. C'est ainsi que la famille des Sergius à Rome eut le surnom de *Silus*, comme on le voit d'après les médailles. Pline l'ancien (3) donne la même explication des mots *simus* et *silo*. Cette explication de l'origine du mot Sille a été adoptée par Schneider dans son dictionnaire Grec-Allemand, troisième édition.

De ces deux opinions, où la contradiction est dans les mots beaucoup plus que dans les idées, il résulte que le genre d'ironie désigné par le mot Sille, se manifestait par une expression particulière de la physionomie dont le mouvement des yeux et de la bouche offrait le trait accidentel, tandis que la forme du nez en était pour ainsi dire le caractère physiologique dans les hommes enclins à la raillerie (4). Tels étaient précisément les traits dont se composait la figure de Silène et des satyrs. Tels étaient aussi ceux de Socrate dont la ressemblance avec ces êtres mythologiques est remarquée par Alcibiade dans le Banquet de Platon. Quant à la différence des deux racines ἶλλος et σιμος, quoique la première nous paraisse préférable comme s'altérant moins dans la dérivation que la seconde, c'est une question qui cependant devient à peu près oiseuse, si l'on réfléchit que, donnant toutes deux des dérivés qui expriment des traits également naturels aux physionomies railleuses, elles peuvent avoir eu une part égale dans la composition d'un mot dont l'origine peut bien être complexe comme l'idée même qu'il exprime.

Ainsi, ces données premières, qui nous sont fournies par la seule étymologie du mot, s'accordent parfaitement à nous représenter le caractère de l'ironie exprimée par les Silles, comme étranger à la rage envenimée d'Archiloque et aux traits virulens des iambographes. Si nous en voulions chercher quelque idée plus précise, à défaut de monumens écrits, l'analogie bornerait nécessairement notre travail à des

---

(1) Onomast., ii, 73.

(2) Hist. div., l. c.

(3) Hist. nat., liv. ii, chap. 37.

(4) De là ces locutions si fréquentes : de *vir emunctæ naris, naso suspendere adunco*, pour exprimer le bon sens et la fine ironie. Pline, dans la préface de son Histoire naturelle, dit de Lucilius : Primus condidit styli *nasum*. — Martial, liv. i, épigr. 42 : Non cuique datum est habere *nasum*; et. liv. v, épigr. 20 : Tacite rides, Germanice, *naso*. — Senèque, suasor., lib. i : Et bene illis cesserat si *nasus Atticus* ibi substitisset.

ınductions tirées du caractère des satyrs, et surtout de celui de Socrate. Mais comme les satyrs ont pour ainsi dire joué leur rôle poétique en Grèce dans le drame qui porte leur nom, et qu'ils ont fourni par conséquent une branche particulière à l'ironie poétique, différente des Silles, puisque ceux-ci en ont été distingués, il nous resterait donc la physionomie et le caractère de Socrate pour base de nos conjectures. La première conclusion qu'il nous sera permis d'en tirer, c'est que les Silles, en tant qu'ils formèrent un genre distinct de poésie qui eut sa dénomination et ses règles particulières, ne durent pas être antérieurs à ce philosophe. La seconde, c'est que, s'ils prirent naissance dans l'imitation de ses manières, ils durent s'attaquer plutôt aux travers de l'esprit qu'aux vices profonds du cœur, et servir d'arme à la philosophie.

Telles sont les conséquences qui sortent, pour ainsi dire, d'elles-mêmes de l'examen seul du mot, indépendamment de tout autre mode de conjecture. Il est clair que de nos jours, et avec les langues modernes, où tant de mots se sont dénaturés par le temps ou par leur passage successif dans plusieurs langues antérieures dont ils ont éprouvé les vicissitudes, un tel système éclairerait peu la difficulté, et ne satisferait pas une critique circonspecte. Mais il n'en est pas de même pour la langue grecque, où presque tous les mots ont conservé une précision et une propriété si admirables, qu'il est rare que la connaissance exacte d'un mot, de sa racine et de sa composition, n'indique pas la véritable nature des choses qu'il exprime. De là, cette richesse inépuisable d'une langue dont le système ingénieux ne se refuse à aucune des nuances les plus délicates et les plus variées de la pensée. Observons de plus que l'ironie employée par Socrate n'était entre ses mains que l'instrument d'une raison qui, supérieure à celle de son siècle, ne faisait crouler sous le ridicule les vains échafaudages des argumentations sophistiques, que pour poser à leur place les bases des plus hautes vérités de la morale, de la politique et de la religion. Socrate détruisait pour rebâtir, à la différence des sceptiques de profession qui semblaient ne promener la raison que sur des ruines. La différence du but devait donc aussi amener celle du combat ; ainsi, dans l'ironie socratique imitée par les pyrrhoniens, les traits ironiques purent faire des blessures plus profondes, par cela seul qu'ils n'avaient l'intention que de blesser. C'est d'ailleurs le défaut ordinaire de l'imitation, que d'outrer ce qu'elle veut reproduire. Il ne faudrait donc pas s'étonner de voir cette tempérance socratique s'affaiblir ou presque disparaître dans un genre qu'il paraît naturel d'attribuer à son esprit.

Toute l'antiquité semble d'accord pour nous représenter comme auteurs de Silles, Xénophane (1) de Colophon et Timon de Phlionte. Le premier est célèbre comme chef de cette fameuse école éléatique qui, sans s'être proposé une mission sceptique en philosophie, a cependant fourni au scepticisme des armes à l'aide desquelles il s'est long-temps cru invincible (2). Il fleurit vers l'année 536 avant J.-C. Le second, environ deux siècles plus tard, se distingua comme un des plus zélés partisans de ce Pyrrhon qui a donné son nom au scepticisme, et dont l'école, aux hypothèses près, semble jouer le rôle de celle d'Élée dans le nouveau cercle auquel Socrate avait borné les prétentions ambitieuses de la philosophie. Ainsi, en s'en tenant au témoignage de l'antiquité, c'est à deux siècles environ de distance, à peu près sous l'influence du même esprit philosophique, et seulement dans les ouvrages de deux philosophes, que les Silles prennent une forme assez déterminée, assez spéciale pour être considérés comme un genre particulier de poésie. Nous devrions dès lors renoncer à croire que ce genre n'ait pu être que postérieur à Socrate, et abandonner toute la partie assez importante de notre système, dans laquelle nous ne voyons qu'une imitation plus ou moins fidèle de l'ironie socratique. Il n'en est rien cependant, et, par un bonheur dont il faut rendre grâce aux travaux récens de la philologie, c'est à ce système au contraire que nous pourrons emprunter ici de nouvelles lumières, dans une controverse qu'il appartient peut-être à lui seul de terminer.

Prenons d'abord la question telle que nous la livre l'antiquité. Strabon, liv. XIV, et Eustathe, sur l'Iliade β, p. 154, parlent formellement de Silles écrits par Xénophane. Le scholiaste d'Aristophane, sur les Chevaliers, v. 406, cite même un vers de ces Silles. Sur la foi de ces témoignages, la plupart des critiques jusqu'à Fabricius, et Fabricius lui-même, dans la première édition de sa Bibliothéque grecque, n'ont pas hésité à considérer ce point comme hors de doute. Casaubon (3) en a fait le motif d'une correction dans le texte d'Apulée. Les plus célèbres commentateurs de Diogène Laërce, Ménage, Kuhnius

______

(1) Strabon, liv. XIV. —Vossius, Syntagma de Poëtis græcis. — Le Scholiaste d'Aristophane. —Diogène Laërce, IX, 18; mais seulement par une conjecture dont nous parlerons plus bas.

(2) Bayle, article Zénon d'Élée, considère les argumens contre le mouvement comme n'ayant jamais été réfutés, et paraît croire qu'ils ne peuvent l'être.

(3) De Satyricâ græc. poesi, liv. II, chap. 3, p. 286.

et Meibom ont interprété en ce sens une phrase fort controversée de cet historien de la philosophie (1). Stanley (2) est le premier qui ait exprimé un avis contraire, sur le témoignage de Sextus Empiricus. En parlant de Timon de Phlionte (3), Sextus s'exprime ainsi :

ἐν πολλοῖς γὰρ αὐτόν ἐπαινέσας τὸν Ξενοφάνην, ὡς καὶ τοὺς σίλλους αὐτῷ ἀναθεῖναι, ἐποίησεν αὐτὸν ὀδυρόμενον καὶ λεγοντα,

Ὦ καὶ ἐγων ὄφελον. . . . .

Phrase qui ne saurait avoir d'autre sens que celui-ci : « Timon, » qui loue (4) fréquemment Xénophane, a mis des Silles sous son » nom, et fait parler ainsi ce philosophe dans un accès d'humeur » chagrine :

« Plut à Dieu, etc. »

Aussi les vers qui suivent sont-ils mis dans les collections d'Henri Étienne et de Brunck sous le nom de Timon lui-même, et ce qui lève toute espèce de difficulté à ce sujet, c'est que Diogène Laërce (5) nous atteste que, dans le second et le troisième livre de ses Silles, Timon a pris la forme du dialogue, et supposé pour interlocuteur Xénophane qui répond à ses questions.

Frappé de ce passage, Fabricius, qui avait jusque-là rejeté sans grand examen l'opinion d'ailleurs très-peu développée de Stanley, n'a pas hésité (6) à se rétracter, et cette bonne foi d'un des guides les plus éclairés de l'érudition philologique a rangé de son avis Harles, Rossius, Brucker, Feuerlin et M. Cousin (7). Dès lors il est demeuré comme unanimement reconnu que les Silles, dont parlent Strabon, Eustathe et le scholiaste d'Aristophane, ne peuvent être que ces Silles que Timon met dans la bouche de Xénophane lui-même par une fiction dramatique très-ordinaire aux philosophes. Quoiqu'il y ait quel-

(1) L. ix, § 18.

(2) Trad. d'Olearius, p. 872, 873. Le savant traducteur, qui a si fort enrichi son modèle, n'hésite pas à condamner l'opinion de Stanley sur la foi de Fabricius.

(3) Pyrrh. hypot., liv. i, chap. 33, éd. Fabricius, p. 58.

(4) M. Schœll, dans son Histoire de a Littérature grecque, tom. III, p. 180,

s'est évidemment trompé en disant que les Silles de Timon étaient dirigés contre les prétentions et l'arrogance des philosophes, et *surtout de Xénophane de Colophon*.

(5) ix, 111.

(6) Dans sa note Z, sur le passage précité de Sextus.

(7) Nouveaux Fragmens philosophiques, art. Xénophane, pag. 23 et suiv.

que témérité à combattre de si imposantes autorités, il nous semble cependant que la seule chose qui puisse résulter du passage de Sextus, c'est que Timon a mis plusieurs de ses silles sous le nom de Xénophane, et non pas que ce dernier en ait jamais fait lui-même; on ne saurait y voir rien de plus, et il reste toujours à opposer à Sextus le témoignage de Strabon, qui lui est antérieur de près de deux siècles. Est-il naturel d'ailleurs de supposer que cette fiction si simple et si ordinaire, par laquelle Timon mettait ses propres vers dans la bouche de Xénophane, eût pu être, bien avant Sextus, méconnue par Strabon lui-même, à une époque où le poëme de Timon devait encore exister tout entier, et avait même des imitateurs parmi lesquels était Didyme, surnommé Chalcentère, ainsi que nous l'atteste un passage d'Ammien Marcellin, dont nous parlerons plus loin? Pour quelle raison Timon aurait-il choisi pour interlocuteur Xénophane plutôt que Parménide et Zénon d'Élée dont les argumens ont bien mieux servi la cause du scepticisme, si ce n'est parce qu'il écrivait dans un genre qui avait déjà été traité par ce même Xénophane? Ce n'est là, à coup sûr, qu'une nouvelle conjecture; mais si elle s'appuie sur des présomptions non moins fortes que celle à laquelle nous l'opposons, il faut convenir qu'alors la question reste toute entière et a besoin d'une solution nouvelle. A défaut de données suffisantes fournies par la philologie, ayons donc recours à celles de l'induction philosophique.

Dans tout problème d'histoire littéraire il y a nécessairement une question de mot et une question de chose, et il est important de distinguer soigneusement l'une de l'autre. Si l'on s'attache trop exclusivement à la question du mot, on court le risque de confondre les temps et de s'embarrasser dans des contradictions sans fin que la grammaire ne peut que compliquer. En effet, il règne toujours quelque chose d'un peu arbitraire dans les classifications méthodiques des ouvrages littéraires, faites au moment de leur plus féconde variété. Les caractères semblables ou différens sont faciles à saisir à l'époque où l'on s'occupe ordinairement de ces classifications, parce qu'ils sont anciens et pour ainsi dire marqués par le temps; mais, à mesure que l'on remonte plus haut, les différences s'affaiblissent et s'effacent, et plus les monumens sont anciens, plus elles sont près de disparaître; cependant, comme on y retrouve toujours quelques-uns des caractères qui ont servi à faire de si nombreuses distinctions, il est difficile alors de ne pas leur appliquer des dénominations faites pour des temps plus récens. C'est par une erreur de ce genre qu'Eustathe (1) et un scholïaste cité par Villoison (2), croient pouvoir faire remonter jusqu'à Homère l'invention des Silles. Ils ont évidemment confondu la question de mot et la question de chose ; nul doute en effet qu'Homère n'ait pu employer la raillerie, non-seulement d'une manière accidentelle, comme il l'a fait pour Thersite, mais aussi d'une manière directe et spéciale, comme le prouve la pièce intitulée *Margitès* (3). Mais que ce genre d'ironie s'appelât alors Sillé, c'est ce qu'il n'est pas possible d'admettre, puisque non-seulement Aristote n'en dit rien dans sa poétique, lui qui possédait essentiellement le génie des classifications et de l'analyse, mais que même ce mot, non plus que son composé σιλλαίνω, ne se trouve ni dans Homère, ni dans Hésiode, ni dans aucun poëte ou prosateur antérieur à Aristote, ni enfin dans Aristote lui-même.

L'importance de cette distinction n'est pas moins grande et décisive dans la question qui nous occupe. Demander en effet si Xénophane a dû chercher à discréditer par le ridicule des maximes enracinées dans les esprits et contraires à la saine et haute morale qu'il voulait enseigner aux hommes, c'est demander si la raillerie n'a pas été de tout temps une arme dont la raison elle-même ne dédaigne pas le secours. Et comment cette arme n'aurait-elle pas été employée par la philosophie, à cette époque où, à la faveur des vers d'Homère et d'Hésiode, elle voyait avec inquiétude s'accréditer tant de notions de la Divinité, indignes de sa nature et funestes à la morale ? Comment n'aurait-elle pas cherché à prémunir les esprits contre les fictions des poëtes favoris, et commencé contre eux ces attaques que Platon a reprises depuis et poussées assez vivement ? Sous ce rapport il n'y a donc pas véritablement de question. Que si l'on veut savoir ensuite si cette manière d'attaquer par l'ironie avait déjà, du temps de Xénophane, le nom particulier de Sille, il est évident que les monumens n'en disent rien ; mais il est clair aussi qu'à leur défaut, et par leur silence même, l'induction logique peut trancher irrévocablement la question. En effet, à l'époque où vivait Xénophane et en prenant même l'hypothèse chronologique (4), qui recule le moins son exi-

(1) Dans le passage cité plus haut, pag. 11.

(2) Dans son édition de l'Iliade, β. v, 212.

(3) Si toutefois cette pièce est bien d'Homère, ce qui est plus que douteux. *Voy.* Fabricius, Bibl. g., t. 1, p. 383, éd. Harles.

(4) M. Cousin, dans l'article de Xénophane cité plus haut, a traité à fond cette question de chronologie.

stence, la prose venait à peine d'être admise dans le langage de
la philosophie. Cette innovation, attribuée généralement à Phérécyde de Scyros, et qui ne fut pas adoptée par Xénophane,
suppose que la poésie ne se prêtait déjà plus avec assez de souplesse
à toutes les argumentations subtiles nées de la lutte des systèmes,
et elle ne dut être réclamée que par les besoins de la langue philosophique. Comment donc supposer dès lors que le mot σιλλαίνω, qui par
sa nature appartient à un certain raffinement de langage particulier
à la conversation, et aussi peu poétique que notre mot *persifflage*
qui en est à très-peu de chose près l'équivalent, non-seulement eût
déjà cours parmi les philosophes, mais qu'il servît même de nom à
un genre de poésie? C'est ce qu'il nous semble absolument impossible
de supposer. En réduisant donc ainsi à une simple question de mot ce
problème littéraire, il ne paraît pas douteux que si le nom de sillo-
graphe ne peut convenir à Xénophane, l'usage qu'il a fait de l'ironie
dans ses vers n'en devait pas moins avoir de grands rapports avec les
Silles de Timon (1), seule raison par laquelle on puisse s'expliquer
pourquoi celui-ci l'avait choisi pour son interlocuteur plutôt que
Parménide ou Zénon. Toutes ces raisons nous portent à croire
que le mot de parodie dont se sert Athénée, liv. ii, p. 54,
édit. Casaub., en citant des vers de Xénophane, était le véritable nom de ces poésies imitées par Timon. Mais comme plus
tard on parodia les vers connus, dans tous les sujets et à tous propos,
le mot de Sille fut sans doute imaginé pour distinguer la parodie appliquée à l'ironie socratique.

Si nous voulons maintenant asseoir nos conjectures sur quelque chose
de plus positif, c'est sur Timon que doit se reporter tout l'intérêt de
cette discussion, car il nous reste de lui un certain nombre de fragmens
où il nous sera possible de saisir un caractère déterminé.

Timon (2) de Phlionte fleurit vers la CXXVII Olympiade (environ
272 ans avant J.-C.). Il fut d'abord contraint, par l'abandon où fut laissée
son enfance, de faire le métier de danseur ; mais cette triste profession

(1) Il y en a déjà un d'évident, celui
de la mesure du vers qui est l'hexamè-
tre, ainsi que le prouve le fragment de
vers cité par le scholiaste d'Aristophane,
si toutefois celui-ci, comme l'a pensé
Stanley, n'a pas confondu Xénophane
avec Timon.

(2) Diogène Laërce, ix, 109 et suiv.

—Aulu-Gelle, iii, 17.— Suidas, au mot
σιλλαίνει. — Athénée, liv. iv.—Vossius,
de Historicis græc., liv. ii, chap. 13. —
Aristoclès, cité par Eusèbe, Prép. évang.,
xiii, p. 759 et suiv., éd. Viger.—Jonsius, Hist. philos., lib. iii, cap. 3. —
Brucker, Hist. crit. philos., tom. ier,
p. 1325 et suiv.

n'étouffa pas en lui des goûts plus nobles, et l'inquiétude naturelle qui tourmente d'ordinaire un esprit distingué, tant qu'un secret instinct l'avertit qu'il n'est pas à sa place, ne tarda pas à l'éloigner d'une condition qui n'est guère propre à faire des gens d'esprit ni des philosophes. Il se rendit à Mégare où il écouta Stilpon dont les leçons le retinrent long-temps et décidèrent du sort de sa vie. De retour dans sa patrie, il s'y maria, et son amour pour la philosophie l'amena bientôt auprès de Pyrrhon (1) à Élis ; les connaissances qu'il y acquit le rendirent capable de faire lui-même l'éducation de son fils aîné à qui il enseigna la médecine (2). C'était sans doute la médecine déjà en faveur, de l'école empirique, qui alors comme aujourd'hui inspirait ses dédains insoucians des théories philosophiques, et d'où sont sortis chez les anciens les plus célèbres organes du scepticisme. Malgré son savoir et quoiqu'il maniât habilement la parole, ἐλλόγιμος (3), le besoin le força à quitter Élis où ses leçons ne pouvaient le faire vivre (4), et il se rendit d'abord sur les bords de l'Hellespont, puis enfin dans la Propontide, où il ouvrit à Chalcédoine une école sophistique, c'est-à-dire de grammaire, de rhéthorique et de philosophie, qui lui procura de la réputation et de la fortune. Il alla jouir de l'une et de l'autre à Athènes qui, déchue de son rang politique, partageait alors avec Alexandrie l'empire des sciences, et il ne la quitta plus le reste de ses jours, si ce n'est pour faire quelques petits voyages à Thèbes. Ce fut sans doute dans les loisirs de cette retraite achetée par ses talens qu'il composa la plupart de ses ouvrages, qui, s'il faut en croire Diogène Laërce (5), durent être fort nombreux.

(1) Etait-ce par ironie qu'il l'appelait τὸ πᾶν κρέας, dans un de ses Silles cité par Diogène Laërce, iv, 33 ? ou bien ces mots ne sont-ils qu'une apposition indiquant le système matérialiste des empiriques ? Cette dernière interprétation nous semble plus conforme au caractère de Timon, qui, malgré le reproche que lui fait Antigone de Caryste de quelques infidélités à la philosophie, ἀπὸ τῶν φιλοσόφων ἐσχόλαζε, paraît avoir été assez conséquent dans ses doctrines.

(2) Sextus empir. Pyrrh. hypoth., l. 1, ch. 34, p. 63, édit. Fabricius.

(3) Diogène Laërce, ix, 110.

(4) Brucker, Histoire crit. philos., t. 1er, p. 1326. — C'est à tort que, dans ce même passage, Brucker attribue aux excès de table le dénûment où fut réduit Timon. La phrase de Diogène Laerce, ix, 110, où les mots ἀπορῶν μέντοι τροφῶν suivent immédiatement ἐλλόγιμος ἦν, prouve évidemment le contraire. Brucker avait sans doute en vue le mot d'Antigone de Caryste, dont nous avons parlé plus haut, et un passage d'Athénée, liv. x, p. 438, édit. Casaub, qui nous représente Timon luttant avec Lacyde à qui boira le plus. Mais il semble plus naturel de rapporter ce fait à l'époque où Timon jouissait de la fortune qu'il avait acquise, qu'à celle où pour ainsi dire sous les yeux de son maître, et dans toute l'ardeur de ses études philosophiques, il s'était livré à l'éducation de son fils.

(5) ix, 110.

Mais celui qui a fait sa réputation littéraire est son poëme des Silles, espèce de programme du scepticisme contre le dogmatisme de toutes les écoles (1).

Ce poëme était divisé en trois livres. Dans le premier il avait employé la forme du discours suivi, αὐτοδιήγητος (2); le second ainsi que le troisième dirigés, l'un contre les anciens philosophes, l'autre contre ceux de son temps, étaient un dialogue entre lui et Xénophane qui lui adressait des questions et écoutait ses réponses. Les mêmes sujets étaient aussi traités dans le premier livre qui n'avait avec le reste d'autre différence que l'absence d'interlocuteurs, μονοπρόσωπος (3), et commençait par ce vers imité de l'Iliade, β, v. 484, Λ, v. 218, Ξ, v. 5o8, Π, v. 112 :

Ἔσπετε νῦν μοι ὅσοι πολυπράγμονες ἐστὲ σοφισταί.

Venez ici, venez, importuns raisonneurs (4).

Plus loin il compare la dispute à un fléau funeste aux hommes (5). « Sœur et ouvrière de la discorde meurtrière, elle heurte en aveugle » contre toutes choses ; bientôt elle lève sa tête affermie (6), et nous » entraîne dans la route de l'espérance. »

Parodiant les vers d'Homère (7) sur la dispute entre Achille et Agamemnon, il s'écrie :

« Qui a pu pousser les hommes à s'engager dans ces funestes querelles? » Les cris d'une foule, impatiente du silence, furent répétés au loin » par les échos, et firent naître une maladie funeste à laquelle un » grand nombre succomba (8). »

Pour se soustraire à ces aberrations funestes, à cet esclavage de l'erreur, il n'est, suivant Timon, aucune autre ressource que le doute, et c'est en ce sens que s'adressant à Pyrrhon, il s'écrie :

« O vieillard, ô Pyrrhon (9), comment et par quelle issue as-tu pu

---

(1) Diogène Laërce, IX, 112.

(2) Diogène Laërce, *ibid.*

(3) *Id., ibid.*

(4) Traduction de M. Leclerc, Biographie de Timon.

(5) Saint Clément d'Alexandrie, Stromat., liv. v, p. 235, édit. Sylburg.

(6) Ἐσβρίθος ἐς ἤριξε κάρη, καὶ ἐς ἐλπίδα βάλλει. Homère avait dit :

Οὐρανῷ ἐς ἤριξε κάρη, καὶ ἐπὶ χθονὶ βαίνει.
Iliad. Δ.

(7) Iliade *a.*

(8) C'est le sens adopté par le traducteur de saint Clément d'Alexandrie, de ce vers assez obscur :

Ἦχος ταύνδρομος ὄχλος. ὁ γὰρ σιγῶσι χολωθείς...

(9) Diogène Laërce, IX, 65.

3

» te dérober au joug de ces vains systèmes? comment as-tu pu briser
» ces liens dont un art imposteur enlace la raison par le prestige
» de la parole? Pour toi, il t'importe peu de chercher par de vains
» calculs d'où vient l'air que respire la Grèce, d'où sort le monde et
» où il va. »

Ses attaques contre la philosophie n'ont cependant pas été poussées
jusqu'à l'injustice à l'égard des philosophes, car il appelle Thalès le
seul sage des sept sages (1). Toutefois, comme empirique, il n'était pas
en contradiction avec lui-même en louant Thalès qui avait donné l'eau
pour principe (2) au monde.

C'est par suite de cette même prévention d'empirique qu'il tourne
en dérision Anaxagore et ses idées sur la divinité. « Où est maintenant
» Anaxagore, ce héros intrépide, cet esprit, car il en était animé, qui,
» unissant toutes choses, fit un vaste amalgame (3) de tous les corps
» auparavant isolés. » Toute l'ironie est ici dans l'expression συνεσφήκωσεν.
En effet, pour exprimer cette union, le terme naturel eût été ou μεμιχθαι
dont se sert Aristote (4), ou εφυρετο employé par Platon (5).

Comme sceptique, il ne manqua pas de louer dans Socrate cette
ironie si redoutée des sophistes ; et ce n'est pas un des moins glorieux
titres du père de la véritable philosophie, que d'avoir ainsi reçu d'égales
louanges de la part des écoles les plus opposées. Timon l'appelle un
magicien, ἐπαοιδὸς, qui démasqua les vains raisonneurs, *philosophe d'un
sens exquis, ne dédaignant pas l'adresse du langage, esprit fin et
moqueur* (6). Il est plus sévère pour Aristippe dont il blâme la mollesse
τρυφερὴ φύσις (7).

L'académie jouait alors un trop grand rôle dans la philosophie pour
ne pas être l'objet d'attaques assez vives de la part du scepticime.
Cependant, contemporain du nouveau mouvement imprimé à cette

(1) Diogène Laërce, 1, 34.

(2) Aristote, Métaphys., 1, 3 ; de Cœlo, 11, 13.

(3) Πάντα συνεσφήκωσεν. Diogène Laërce, 11, 6. Anaxagore paraît avoir été le premier qui, du moins dans l'école ionique, ait supposé à la matière ὕλη, un agent intelligent νοῦν, qui lui imprimât le mouvement ἀρχὴ τῆς κινήσεως. C'est ce qui lui fit donner le surnom de νοῦς. — *Voy.* le Phœdon de Platon. — Cicéron, de Nat. Deor., liv. 1. — Plutarque, Vie de Périclès. — Saint-Clément d'Alexandrie, Stromat. 2. — Proclús, sur le Timée de Platon, au commencement.

(4) Métaph, 111, 5.

(5) Le Gorgias.

(6) Μυκτήρ, ῥητορόμικτος, ὑπάττικος, εἰρωνευτής. Sext. Emp. adv. Mathém., l. VII, p. 371, 375, édit. Fabr. — Laërce, 11, 19.

(7) Diogène Laërce, 11, 66.

école par Arcésilas qui se rapprocha davantage du doute méthodique, tout en obéissant à un principe systématique combattu plus tard par Ænésidème, Timon, en attaquant Platon, semble le traiter à peu près comme celui-ci avait traité Homère : il le compare aux abeilles qui enrichissaient de leur miel et charmaient de leur bourdonnement les jardins d'Académus (1).

On peut s'étonner qu'il n'en ait pas usé de même à l'égard du chef de la nouvelle académie, Arcésilas, qui se rapprochait du scepticisme. C'est sans doute parce que le dogmatisme caché de la nouvelle académie commençait à frapper les yeux des sceptiques, d'autant plus qu'il avait pu d'ailleurs se manifester dans la lutte célèbre entre Carnéade et Chrysippe. Timon dit qu'Arcésilas avait la poitrine cuirassée de plomb, et il se moque des applaudissemens que lui donnait la foule en le comparant à une chouette au milieu des oiseaux stupéfaits, qu'elle étonne plutôt qu'elle ne leur plait. Du reste, il reproche à la doctrine de l'académie un bavardage sans fin et sans valeur, πλατυρημοσύνης ἀναλίζου.

L'école rivale de l'académie, celle des péripatéticiens, est encore moins bien traitée dans la personne d'Aristote son fondateur, dans le système duquel Timon trouve une futilité digne de pitié, εἰκαιοσύνη ἀλεγείνη (2).

Arrivant enfin aux stoïciens, il parle ainsi de Zénon de Cittium, leur chef, à propos de l'ardeur avec laquelle ce philosophe se livrait aux recherches scientifiques : « Je vis, au milieu d'un faste (3) ténébreux, » une vieille phénicienne gourmande; elle voulait goûter de tout, » mais son panier (4) trop étroit laissait tout échapper, et pour l'esprit » elle était inférieure à un *scindapse* (5). » Cette comparaison rappelle cette plaisanterie faite au sujet d'un musicien qui n'avait pas autant

(1) Diogène Laërce, iii, 7.
(2) *Id.*, v, 11.
(3) *Id.*, vii, 15.
(4) Nous adoptons ici l'interprétation d'Hésychius, sur le mot γύργαθος. Cette idée qui correspond à notre métaphore, *un panier percé*, nous semble mieux convenir à la plaisanterie de Timon que celle de lit, que Ménage ne peut expliquer qu'en dénaturant tout-à-fait le texte de Diogène.

(5) Instrument de musique à quatre cordes, dont parle Athénée, liv. v, chap. 25. — Pollux le range au nombre des instrumens dont on tirait du son en frappant sur des cordes ou en les pinçant. Onomast., liv. iv, § 60, édit. Fabricius. — Hésychius, au mot σκινδαψός. — Suidas, *idem*. — Suivant Athénée et Eustathe, il était composé de quatre cordes de laiton, dont on tirait le son avec une plume.

d'esprit que de talent ; on disait que, quand il avait cessé de se faire
entendre , il rentrait avec son instrument dans le même étui. On sait
que Zénon, disciple de Cratès le Cynique , est l'auteur de la fusion de
cette secte dans le stoïcisme. Mais il paraît, d'après ce qu'en dit Timon ,
qu'il eut encore un grand nombre de cyniques pour auditeurs. « Il as-
» sembla une nuée de mendians, citoyens les plus dépourvus et les
» plus *légers*, κουφότατοι. » ce dernier jeu de mots ne manque ni de
finesse ni d'à-propos.

Le morceau suivant, qui nous a été conservé par Sextus Empiricus (1), est empreint d'une teinte de mélancolie qui contraste avec le
ton plaisant de ceux qui précèdent : « Hélas ! s'écrie-t-on , en pous-
» sant ces gémissemens de l'humanité qui souffre , hélas ! que faire ici-
» bas ? Qu'est-ce donc que cette science que je cherche ? Mon cœur est
» éperdu, et cette âme, je n'en trouve pas une ombre. Heureux , mille
» fois heureux les hommes qui , étrangers au savoir , ne se repaissent
» point de ces fruits trompeurs mûris dans les écoles ! Mais moi, c'é-
» tait donc ma destinée d'être le jouet de ces tristes disputes , de
» cette misère et de tous les maux innombrables qui pourchassent
» les hommes comme de vils frelons ! (2) »

On voit que le doute n'est pas l'*oreiller d'une tête* poétique. Il est
vrai que ce n'est pas une tête de cette espèce que Montaigne eût consi-
dérée comme *bien faite*.

Ces fragmens, remarquables par un véritable talent qui justifie la réputation dont jouissait Timon chez les anciens , suffisent pour faire reconnaître dans le poëme des *Silles* une attaque en forme contre la philosophie toute entière. Toutes les écoles en effet y sont passées en revue ,
et stigmatisées par l'incrédule ironie du poète. Ainsi , chez les anciens,
Timon était le poète des sceptiques, comme Cléanthe avait été celui
des stoïciens. Comme son but n'était que de répandre le ridicule sur
les systèmes en général , pour détruire les racines plus ou moins profondes qu'ils avaient pu jeter dans les esprits , ce but tout populaire
ne pouvait être mieux atteint que par la parodie des vers d'Homère
qui étaient dans la bouche de tout le monde ; aussi cette parodie se
montre-t-elle presque à chaque vers dans le début. Toutefois c'était du
scepticisme pour le peuple et non pas pour l'école, et il est probable que

(1) Ed. Fabr., p. 721.
(2) Le caractère mélancolique de ce morceau rappelle le fameux *Songe d'un
athée*, de Jean-Paul Richter.

les systèmes en faveur n'en furent guère ébranlés parmi les philosophes de profession : autrement Ænesidème et Sextus Empiricus n'eussent pas pris tant de peine pour élever au scepticisme le monument le plus complet qu'il ait peut-être jamais produit. Diogène Laërce, qui paraît avoir écrit l'histoire de la philosophie plutôt en littérateur qu'en philosophe, ne manque pas de nous citer les Silles de Timon concernant chacun des philosophes dont il écrit l'histoire, et c'est à lui que nous devons le plus grand nombre des fragmens qui nous en ont été conservés. Il n'est pas inutile d'observer que c'est dans Sextus Empiricus que se trouvent les plus remarquables.

Cependant la philosophie qui ne peut ni ne doit dédaigner l'opinion populaire, puisque son devoir est de l'éclairer, ne laissa pas sans réponse les attaques de Timon. Apollonide de Nicée (1), dans un poëme de Silles, dédié à l'empereur Tibère, combattit le scepticisme de Timon avec l'arme même dont celui-ci s'était servi. Sotion d'Alexandrie, historien de la philosophie, antérieur à Diogène Laërce, écrivit aussi des Silles (2) qui paraissent également avoir été dirigés contre Timon (3). Ainsi les noms de ces deux écrivains doivent être ajoutés à la liste, très-courte, comme on le voit, des sillographes ; mais ils ne nous fournissent aucune lumière nouvelle sur la nature de ces poëmes, puisqu'il ne nous reste d'eux aucun fragment.

En résumant ce que nous venons de dire sur la vie et les Silles de Timon, il en résulte que ces Silles n'étaient autre chose qu'un poëme dont la forme était ordinairement, mais non indispensablement, une parodie des vers d'Homère, car dans les fragmens dont nous avons traduit les principaux, et dans tous les autres de la collection de Brunck, il y en a quelques-uns d'assez étendus qui ne présentent nullement ce caractère, ni dans la pensée ni dans l'expression ; elle ne se remarque guère, comme nous l'avons déjà dit, que dans le début. Le fond était une attaque contre la philosophie dogmatique. De plus, tous les auteurs cités comme ayant composé de ces poëmes ne sont que des philosophes.

Ainsi les données préalables du point de vue philosophique de l'histoire littéraire, l'explication philologique et grammaticale du mot Sille, les conjectures que nous en avons tirées, l'application que nous

<hr>

(1) Diogène Laërce, ix, 109.
(2) Athénée, liv. viii, 3.

(3) Jonsius, Hist. philosoph., liv. ii, chap. 10.

·en avons faite aux personnes et aux monumens, l'examen de ces monumens eux-mêmes, tout concourt à confirmer les résultats que nous avons déjà présentés, c'est que les Silles n'étaient pas autre chose, chez les Grecs, que ce genre de poésie que les latins et les modernes ont appelé la satire, mais appliquée uniquement à la philosophie, et, par conséquent, conservant toujours quelque chose de la tempérance et de la dignité que la raison impose au philosophe, et dont Socrate avait fourni le modèle (1).

Mais ici s'élève une question bien autrement grave, que les bornes de cette dissertation ne nous permettent pas de traiter avec l'étendue qu'elle mérite, mais que nous ne pouvons cependant passer sous silence, ne fût-ce que pour rendre compte de la restriction continuelle avec laquelle nous avons toujours employé le mot de satire, toutes les fois que la nature de cette discussion l'amenait naturellement sous notre plume. Est-il donc vrai que ce mot ne s'appliquât chez les Grecs qu'au drame satyrique dont le Cyclope d'Euripide peut seul nous indiquer le genre, et non à la satire telle que l'ont entendue les Romains, et après eux les modernes? Ce genre, qui à des titres différens a fait la gloire de Lucile, de Varron, d'Horace, de Perse et de Juvénal chez les Romains, a-t-il manqué aux Grecs? Dans une école fréquentée par les hommes les plus célèbres de son temps, en présence de tous les monumens de la littérature grecque et des travaux philologiques de l'école d'Alexandrie, dans un temps où cette littérature comme épuisée semblait n'avoir plus de force que pour étudier ses productions et non pour en créer de nouvelles, Quintilien disait aux Romains, *satira tota nostra est* (2). S'il ne voulait que flatter l'amour-propre national aux dépens de la vérité, comment se fait-il qu'aucun sophiste grec n'ait protesté contre cet officieux mensonge? On conçoit d'ailleurs que Tite-Live ait obéi à un sentiment de vanité nationale en préférant, peut-être même en imaginant, des traditions favorables à la gloire de son pays. Du temps de Tite-Live, il y avait encore un peuple romain pouvant s'enor-

---

(1) Voici cependant un passage d'Ammien Marcellin, qui prouverait que les sillographes n'ont pas été toujours fidèles à ce bon ton d'ironie. Il dit en parlant de Didyme, surnommé Chalcentère, liv xxii : « Chalcenterus Didymus, multiplicis scientiæ cœpti memorabilis, qui in illis sex libris, ubi » nonnunquam imperfectè Tullium re- » prehendit, *sillographos* imitatus, » *scriptores maledicos*, judicio docta- » rum aurium incusatur, ut immania » frementem leonem putredulis voci- » bus vanus catulus longiùs circumla- » trans. »

(2) Institut. orat., x, 1, 193.

gueillir de sa liberté, et se parer du titre de citoyen. Mais, sous l'empire,
que signifiait une flatterie nationale? Il n'y avait plus de peuple digne
de ce nom de Romain, il n'y avait plus qu'un empereur, patron quelquefois révéré, plus souvent odieux autant que redoutable, de la masse
des prolétaires à qui il donnait du pain, des spectacles de gladiateurs,
et quelquefois la fortune et la tête d'illustres et vertueux patriciens, prix
d'un honteux marché entre la démocratie et le despotisme. D'un seul
homme venait désormais la gloire ou la honte pour la patrie, aussi
était-ce à lui seul que s'adressaient les hommages de la flatterie ou les
malédictions de la haine. Quintilien était trop grave pour ne pas dédaigner l'une, et trop vertueux pour prodiguer l'autre à des tyrans détestés.
Il ne faut donc pas rejeter son témoignage comme une vaine flatterie,
c'était au contraire le jugement consciencieux d'un esprit sage et éclairé
qui ne dut pas manquer d'adversaires ou de rivaux, et qui cependant ne
fut pas contredit.

Diomède, grammairien qui paraît avoir vécu au cinquième siècle de
notre ère, dans une phrase citée par Casaubon (1), s'exprime ainsi :
« La satire est un poëme consacré chez les Romains à signaler et à cen-
» surer les vices des hommes; ce genre, imité de la comédie ancienne,
» a été traité par Lucile, Horace et Perse. On appelait autrefois satire
» une pièce composée de différens poëmes; telles étaient les satires de
» Pacuvius et d'Ennius. » La source de ce dernier genre est la même que
pour le premier, s'il faut en croire Tite-Live, qui rapporte (2) que l'an
de Rome 390, pour calmer la superstition populaire effrayée des progrès
d'une peste contre laquelle avaient échoué tous les secours de l'art et de
la religion, on eut recours à des jeux scéniques, spectacle tout nouveau,
ajoute Tite-Live, pour un peuple belliqueux qui ne connaissait encore
que les jeux du cirque, et dans lequel des bouffons venus d'Étrurie exé-
cutaient des danses et des pantomimes au son de la flûte. Ce n'était
d'abord que des espèces de parades ou bouffonneries qui plurent telle-
ment à la jeunesse romaine, qu'elle ne dédaigna pas de s'y exercer, en
y ajoutant un langage en vers de différentes mesures, que chacun composait et débitait à sa guise. Quelques années plus tard, Livius Andro-
nicus y ajouta une action et un dialogue composé d'avance et appris
par tous les acteurs. Ce nouveau genre servait d'exode ou d'intermède

(1) De Satyricâ græcorum poesi, p.   (2) Liv. vii, chap. 2.
275.

aux atellanes. Ces petites pièces, nées à peu près du même principe et des mêmes usages que le drame satyrique des Grecs, paraissent avoir eu avec lui un très-grand rapport (1), surtout avec celui qui servait d'intermède à la comédie, car il est à peu près certain que la tragédie et la comédie avaient en Grèce chacune leur drame satyrique (2).

Telle fut la manière dont la raillerie se produisit à Rome sous la forme dramatique, mais là, comme en Grèce, elle s'était déjà donné carrière dès long-temps auparavant, comme l'attestent ces vers fescenniens et saturniens, nés dans la licence des fêtes de Bacchus, et dont la mordante ironie, s'attaquant sans pudeur à toutes les familles et aux noms les plus respectés, fut réprimée par la loi des douze tables (3). Cette analogie dans la marche des deux littératures, avant que l'imitation les eût rapprochées et confondues, est on ne peut plus digne de remarque.

Mais lorsque l'imitation des arts de la Grèce vint polir la littérature romaine et faire oublier ses grossiers essais, la licence déjà réprimée en Grèce des drames satyriques n'aurait pu renaître sous l'inspection sévère des édiles et des censeurs, et les dispositions rigoureuses de la loi des douze tables. Déjà la satire romaine, peu à l'aise dans les représentations des atellanes, avait abandonné la forme dramatique et pris un caractère purement didactique dans les poésies d'Ennius. Elle ne reparut point sur la scène avec les drames imités ou traduits des Grecs. Mais dans ces poëmes dramatiques apportés de la Grèce, et dont une partie seulement obtenait le droit de se faire entendre au théâtre, l'intermède satyrique ne pouvait manquer de plaire aux Romains et d'exciter leur génie imitateur, surtout au moment où tant de vices et de ridicules semblaient braver les regards et se dérober à la censure populaire, et parce que la censure légale n'avait peut-être plus le pouvoir de les atteindre. Alors le drame satyrique suscita un nouveau genre de poëme, dont

---

(1) Le même Diomède, cité plus haut, s'exprime ainsi : « Latina Atellana a » græcâ satyricâ differt, quòd in saty- » ricâ ferè satyrorum personæ indu- » cuntur, aut si quæ sunt ridiculæ, » similes satyris, Autolycus, Busiris ; » in Atellanâ Oscæ personæ, ut Mac- » cus. »

(2) Casaubon, de Satyricâ græc., poesi, liv. 1, chap. 5, p. 154 et 204.

— Spanheim, Dissertation sur les Césars de Julien, et en général sur les ouvrages satyriques des anciens, en tête de sa traduction des Césars de Julien. Amsterd. 1728, p. 316. — Eisestaedt, de Dram. græc., com. sat., p. 46.

(3) Tab. VII. Si qui pipulo (publicè, vel convicio) occentasit (al. actitavisset), carmenve condisit, quod infamiam faxit flagitiumve alteris, fuste ferito.

Lucilius fut, sinon l'inventeur, du moins le premier auteur célèbre. Voilà ce que nous expliquent les vers d'Horace.

> Eupolis, atque Cratinus, Aristophanesque poetæ,
> Atque alii, quorum comœdia prisca virorum est,
> Si quis erat dignus describi, quod malus ac fur,
> Quod mœchus foret, aut sicarius, aut alioqui
> Famosus, multâ cum libertate notabant.
> Hinc omnis pendet Lucilius, hosce secutus,
> Mutatis tantùm pedibus numerisque......
>
> Satire ɪv, liv. ɪᵉʳ.

Telle fut donc l'origine de la satire telle que nous l'entendons aujourd'hui, origine qui en fait un genre véritablement propre à la littérature romaine, et justifie ainsi l'assertion de Quintilien. Cette forme de l'ironie était donc particulière aux Romains, c'était le drame satyrique déshérité de la scène, et prenant dans l'imitation latine une marche et des règles particulières et toutes nouvelles, à l'aide desquelles il put porter les mêmes coups et flétrir les mêmes vices.

Casaubon (1), étonné de ne trouver en Grèce aucun monument littéraire semblable à la satire de Lucile, d'Horace et de Perse, et ne pouvant se persuader que ce genre ait manqué aux Grecs, croit le retrouver dans les Silles; mais les Silles, comme nous l'avons vu, n'en représenteraient toujours qu'un seul côté, une seule application, la philosophie, encore une philosophie pour ainsi dire d'école; et il resterait toujours évident que, dans toutes les autres applications, la Grèce, une fois privée de son drame satyrique, n'a rien produit dans le genre d'Horace et de Lucile, de Juvénal et de Perse.

La satire proprement dite a donc manqué aux Grecs. Est-ce parce que leur génie épuisé avait perdu, en même temps que la liberté, sa vive et puissante originalité, tandis que tout récemment éveillé, le génie romain, à la vue des chefs-d'œuvre d'une civilisation dont la victoire lui livrait les trésors, s'inspirait pour ainsi dire à cette source sacrée et puisait une énergie nouvelle dans cette terre qui ne pouvait plus rien pour ses propres enfants? Est-ce parce que la Grèce n'avait plus d'autre destinée à remplir dans le monde que ce développement puissant et fécond de l'esprit philosophique, d'où sont nés tant de systèmes, tant

(1) Liv. ɪɪ de la Satire romaine, chap. 3, p. 281.

4

d'étranges folies ou de sublimes vertus? Ces questions porteraient trop loin et trop haut peut-être une discussion commencée sur un sujet si mince en apparence, mais qui, ainsi que nous l'avions annoncé d'avance, se rattache, comme on le voit, aussi bien que tous les autres, à ce vaste ensemble de la science au sommet duquel il appartient au génie seul de se placer.

<table>
<tr><td>Permis d'imprimer,</td><td>Vu et lu. Paris, ce juillet 183.</td></tr>
<tr><td>ROUSSELLE,</td><td>N. E. LEMAIRE,</td></tr>
<tr><td>Inspecteur général des études, chargé de l'administration de l'Académie de Paris.</td><td>Doyen de la Faculté des Lettres, académie de Paris.</td></tr>
</table>